二条千河 Nijo Genka's Poems 詩集
亡骸のクロニクル
洪水企画

思い出の町　白老《しらおい》に捧ぐ

亡骸のクロニクル

目次

ひとつの開闢

Universe

わたしを朽ち木と呼ぶものがいる
土の上に身を横たえて幾年月
乾ききった道管にも
樹皮の割れ目にも幹の空洞にも
蠢く触角や脚や胴体や
その分泌した粘液や卵や排泄物が
隙なくひしめき合っている
今この体内には
むしろ生が充満している

かつて地中に根を張って
身をまっすぐに立てていたころは
たった一つの命さえ持て余し
風が吹いても雨が降っても騒ぎたてたものだが
最後の葉を枝から落としたときに
その裏に隠した数多の口をも手放して
わたしはもはや物言わぬ骸だ
代わりに小さな生き物たちが
腐った体の中で始終騒ぎたてている
風が吹いた雨が降ったと

自分が死ねば時間は止まり
世界も消えて無くなるに違いないという

根も葉もない確信はやはり誤りだった
その瞬間
わたしは一つの命ではなく
無数の生を宿すひとつの世界となって
新たな時を刻み始めた

わたしを屍《かばね》と呼ぶものがいる
それはそれでかまわないが
だとすれば
いつか若木であったわたしに
有り余る養分と陽光とを恵んだ
この宇宙もまた
途方もなく大きな誰かの亡骸だったのだ

ひずむ時空

ジオラマ

翼を広げて宙に浮かぶ大鷹に
角を突き合わせて膠着した二頭の牡鹿
羆も野兎も山椒魚もたまさかに居合わせた
広さ三畳ばかりのゆたかな森で
母狐が哀しげに牙をむく仔別れの日、
その夏の終わりが終わらない

ＬＥＤがしらじらと照らす炭坑に
どこからか響いてくるコールピックの音

黒ずんだ作業着に長靴に軍手、
前照灯つきのヘルメットを目深にかぶった
顔のない坑夫がこちらに背を向け
永遠に続く昭和を永遠に掘り進む

学芸員はみんなにやさしくて
展示物へ無闇に手を伸ばす子どもたちを
ごくやんわりとたしなめる
(さわると、あぶないからね)
しかし何が危ないのかピンとこないようだ
彼らはまだ時間の脆さを知らない

博物館を出て見上げると
透明の空は子どもたちの白い指紋でいっぱいだ、

その小さな指が操作盤のボタンを押すたび
一分の一スケールの街のどこかに
赤いランプが音もなく点って
私たちも永遠に終わらない今を生きている

化石

科学館の壁際の
ショーケースに穿たれた円い穴へ
子どもたちが次々に手を差し込んでいく
黒光りのする太古の腸骨は冷ややかにざらついている　らしい
かつてそこに臓物を収めていたはずのなだらかな窪みを
小さな手のひらが撫でまわす　何度も

すべてが化石になるわけではない　ことを
子どもたちは知っているだろうか

その骨が纏っていた筋肉も血管も脂肪も皮膚も
土の中で　あるいは何ものかの体内で
融けては凝り　ほどけては結ばれ
地球上をめぐりめぐって
今は私の一部になっている
そこに晒されている塊は
私になりそこねた残骸なのだ　と
子どもたちは知らないだろう
容赦なく　執拗に
ひびの走った表面をなぞる指先
私の腸骨も　肋骨も頭骨も大腿骨も
いつか彼らの一部になりそこねたら
透明な柩の中　こうして
黒光りのするまで撫でまわされ続けるのか

「かせきにさわってみよう！
（やさしく、さわってね）」

ようやく順番がめぐってきた
ショーケースに穿たれた円い穴へ
私はそろそろと手を差し込む　と同時に
見えない誰かの手が差し込まれてくる
まだ白く生温かな腸骨の感触はいかがなものか
蠢く臓物を収めたままのなだらかな窪みを
無数の手のひらが撫でまわす　何度も

（やさしく、さわってね）

開眼

閉ざした瞼を突き破る眩しさに
網膜が焼けるようだ
かつて昏い水の中を漂っていたころは
痛みなど感じたこともなく
伸ばした手に何か触れれば喰い
時には喰われながら
見えない日々を呼吸するばかりだったのに
葉緑体など生まれ持ってしまったせいで

太陽に焦がれ続ける哀しい生き物を
その哀しみごと呑み込んでしまったのは
いつのことだったろう
光あれ　と
誰かが叫んだその日から
伸ばした手に何か触れる前に
それが糧か敵か　どんな色でどんな形か
見分けずにはいられなくなった

朝陽の射し込むカーテンの隙間へ
ためらいなく枝は伸びていく
その熱量がいずれ
艶やかな葉を枯らしてしまうとしても
明暗を知ってしまったものは

明るいほうへ進むよりほかにないのだ

分厚く重ねたカーテンの隙間へ
ためらいがちに手が伸ばされる
たとえ網膜を焼かれても
世界の眩しさに臆するな
色よりも　形よりも
光を見るために
私たちはこの眼を貫い受けたのだから

＊動物の原始的な眼（光受容体）のもととなった遺伝子は、植物プランクトンから種を越えて伝播したという学説があるらしい。

Tales of Tails

試着室には行列が出来ているというのに
娘たちときたらおかまいなしで
鏡の前ではしゃぎながら
互いに尻を突き出し合っている
――それ、カワイイね、尾ひれがひらひらして
――でも、そっちもいいね、毛皮がもこもこで

あたしたちの若いころには
尻尾なんて古くさいって

誰も見向きもしなかったのにねえ、と
お母さんはのんきに笑う
売場の隅のベンチに座って
お父さんはご機嫌ななめ

近ごろのヒトはみんな前のめり気味で
重心が偏りがちなので
バランスを取るのには尻尾がいい、なんて
どこぞの健康評論家が吹聴したせいで
流行り始めたのはつい最近のはずだけれど
早くも街には専門ブランドが立ち並び
色とりどりのおしゃれ尻尾《テール》がひしめき合っている
ヒョウ柄・牛柄・ポニーテール、
キツネ毛皮《フォックス・ファー》は冬の一押しアイテムで

夏の売れ筋はフリルいっぱいの金魚の尾ひれ《ゴールドフィッシュ・フィン》
夜道を歩くときの護身用にと
意外に人気なのが固い鱗のクロコダイル
他にもまだまだ、シマリス、フェレット、
クジャクに尾長鶏《フェニックス》、エトセトラ
——それ、カワイイね、くるっと丸まっていて
——でも、そっちもいいね、羽毛がふわふわで

あたしもどれか試してみようかしら、と
お母さんは冗談めかして
鏡の中で尻を振ってみせる
お父さんは缶コーヒーを飲み干して
空洞にふうっと息を吹き込んだ

もう俺たちにはこんなもの必要ないって
二ツ足になるよりずっと昔に放り捨てて
前に後ろにぐらぐら揺れながら
意地を通してどうにかやってきたっていうのに

今さら尻尾なんか
要らねえだろ

パンゲアの食卓

覚えているか
パンゲアの子どもたちを
毎朝　大きな食卓を囲んで
屈託もなく笑っていた
言葉を交わさなくても
心はいつもひとつだった
彼らの暮らす大地がひとつだったように

その大地が　遠い昔

広い海のあちこちに分かれて
散らばっていた時代もあったなんて
誰も信じようとしなかった
（だってそれじゃどうやって
　いっしょにごはんをたべたり
　ひなたぼっこをしたり
　うたをうたったりすればいいのさ？）
しかしその問いを
子どもたちは口にしなかった
心がいつもひとつなら
自分の知らないことは誰も知らないのだ
彼らにはきっと想像もできなかったろう
同じ星に暮らしていながら

ばらばらの時間に
ばらばらの場所で
ばらばらの食事をする　なんて
（おなかがすくのは
　みんないっしょなのに？）

超大陸パンゲアには
子どもたちだけが暮らしていた
毎朝　大きな食卓を囲んで
倦むこともなく笑っていた
心はいつもひとつだったから
自分の知っていることは誰もが知っていて
言葉を交わす必要がなく
伝え合うべき物語もなかった

覚えているか
パンゲアの食卓に響いた歌声を
題もなく詞もなく
旋律だけで語られる歴史が
ただひとつあったはずなのだが

＊地球史上には、多くの大陸が一つに合体して形成される「超大陸」がたびたび出現する。約三億年前に存在したとされる超大陸「パンゲア」は、後に分裂して現在の六大陸を生んだ。

オセロ・ライフ

始まりはいつだって
目もくらむほどに鮮やかな緑の平原
その均等に区画された戦場にひしめいて
わたしたち　一歩も外へ踏み出せない

戦局はあまりにもたやすく覆るので
滞りなく寝返れるように
表と裏を持って生まれてきた
善悪も虚実も優劣も

禍福も損得も愛憎も
背中合わせに互いを温存して
この世のすべてはリバーシブルだ

めまぐるしく明暗の入れ替わる
先の読めない展開を
嘆くのはおよしよ　不運なひと《デズデモーナ》
悲劇も喜劇もいずれ盤上のお遊戯
厳然として単純なルールの下には
そもそも幸運の女神の降り立つ余地などなく
粛々と挟んでは裏返し　挟まれては裏返りながら
勝者《マジョリティ》への定石を探り続けるだけ

グレイゾーンもグラデーションも存在しない

向かい合う二人の行き着くところも結局は白か黒
そのあくまでフェアでピュアな二分法から
わたしたち　一歩も前へ進まない

＊「デズデモーナ」は、シェイクスピア悲劇『オセロ』の登場人物の名。ギリシア語で「不運な」を意味するという。

極点の時差

今から成田を経由して
日付変更線を越えてホノルルへ向かえば
現地の到着時刻は今朝の九時過ぎ
たぶん彼はまだ生きている

(朝食をいくらか残したそうです
夢の中で食べすぎた、なんて
本人ものんきに笑っていて
誰も心配なんかしなかったらしくて)

米領サモアという選択肢もあるけれど
直行便が出ていなくて
ホノルルからさらに乗り継いだら
どうしたって夜になってしまう
だったらいっそ北欧へでも飛んで
極点を目指したほうがいいかもしれない
地球の経緯が集約する場所、そこなら
たとえどんなに時間がかかっても
辿り着きさえすれば
永遠に今朝でありうるのだろう

(肝心の時刻を聞き逃してしまって
いったいいつまで遡ればいいのか

でも少なくとも朝のうちなら
　確かに彼はまだ生きている）

黒いガーメントバッグを揺らしながら
電光掲示板を見上げている
午後六時
国内線は軒並み定刻通りの発着で
どこまで飛んでも時差がない

淘汰の経緯《ストーリィ》

英雄譚

英雄の名を口にするとき
少年は瞳を輝かせ
乙女は頰を桃色に染め
古老は薄い胸を反らせる
彼がどんな言葉を語り　何を為したかは
幾通りにも伝えられているけれど
これだけは皆　声をそろえる
彼は今遠い国を旅していて
いつかこの町に帰ってくるのだと

英雄の生家の跡地では
やがて帰還する彼に贈るために
邸宅の建設が進められている
高い天井を支える大理石の柱
小鳥がさえずり花々の咲き競う庭園
町中からの寄附が引きも切らないので
設計図は次々と描き足され
工事は一向に終わらない

町外れの小川のほとりに人知れず傾いた
みすぼらしい墓標に記されているのが
英雄と同じ名であるとか
伝説の始まりとなった生誕のその日から

すでに数世紀もの時が過ぎているとか
余所者がどんな証拠を並べ立てようとも

英雄が今も英雄のまま生きているという
ただ一つの物語を守り抜くために

天を衝く巨大な宮殿が小川のほとりにそびえ立ち
さして英雄的でもない死を迎えた凡夫の墓は
際限なく拡張する庭園の一角に埋没する
季節が廻るたびに新たな花を植え替えながら
これだけは皆　声をそろえる
英雄は今遠い国を旅していて
まもなくこの町に帰ってくるのだと
彼がどんな家に生まれ　何という名なのかは

幾通りにも伝えられているけれど

風見鶏

かつてこの界隈が街の中心だったころ
あの館にもまだ人が住んでいて
赤いトンガリ屋根の頂には
それはそれは立派な鶏が留まっていた
毎朝　山から吹き下ろす風に
豪奢な尾羽根をたなびかせ
真紅の鶏冠を誇らしげに震わせながら
街中の鶏に先駆けて時をつくった
白み始めの空へ向かって　高らかに

館の主は著名な画家だったらしい
彼の描く風景画には
いつも決まって鶏の姿があった
飾られた家に幸運をもたらすといって
貴族やら豪商やらが競って買い求める
その額縁の中でも鶏は時をつくった
油絵の具の空へ向かって　高らかに

ときどき　鶏はくるりと身を翻し
海原へ向かって啼くこともあったが
飛べない鳥の一時の気まぐれと
画家は高をくくっていたのだろう
カンバスに描かれた嘴は

いつも変わらずに山の方角を指していた

（風向きが変わったことを
わたしは何度も大声で告げたのに
あなたは顧みようとしなかった！）

ある朝　海から吹き寄せる風に
翼を広げて二、三度大きく羽ばたくと
鶏はそのまま振り返ることなく
水平線の彼方へ飛び去っていった
と同時に画家の描いた鶏たちもかき消えて
その後　絵は一枚も売れなかったそうだ

近ごろは鶏を飼う家も見かけなくなった

街外れに打ち捨てられた廃屋の
傾きかけたトンガリ屋根の頂を
風はどちら向きに吹いているのか
もはや知るすべはなく
朝を告げるものもない

ユートピアン

冒険者たちが
見当はずれの地名でこの島を呼ぶのを
私たちは笑って受け入れた
出鱈目の地図を広げて
狂ったコンパスをかざして
命がけの航海の末
ともかくひとつのゴールにたどり着いた
夢追人たちの夢を壊さないために

本来のゴールがどこにあったかなんて
もはやどうでもいいことだ
彼らが満足げに帰っていってからというもの
出鱈目の地図は世界中に広まって
次々と新たな旅人がやってきては
見当はずれの地名でこの島を呼び
その地名に由来する呼称で私たちを呼ぶ
（たとえばここをユートピアとするなら
　私たちはユートピアンと呼ばれる道理だ）
夢追人たちの置き去りにした夢は
日に日に私たちの現実を浸蝕して
本来の地名が何だったかなんて
もはや誰にも思い出せない

あるいはこの島にも私たちにも
もともと名前などなかったのかもしれない
ともかく今は安全な航路が確立して
地図は正確で
地名も正当で
その地名に由来する呼称が辞書に載る現実を
私たちは笑って受け入れる

ところでコンパスは
相変わらず狂ったままなのだろうか

不毛の神

かつて我らは其処に棲んだ、
君が今居るその場所に
当時はまだ石くれだらけの荒れ野原
やがて我らが立ち去ったあとに
区画され、耕され、潤され
初めて稔りをもたらす土壌となった

彼処に棲んだこともある、
咲く花とてなき泥沼の

踏み入るものは何でも呑み込む湿地帯
やがて我らが立ち去ったあとに
珍しい鳥やら虫やらが脚光を浴び
急ごしらえの木道に見物客が詰めかけた

地球上の至る処
我らの楽園だった時代もある、
あらゆる命がただ生きて死んでいくだけの
果てなき余白《デッドスペース》
それでも豊穣の神は強気だった
黄金の林檎はどんな土地にも根づくものだと

たとえば此処、乾ききった砂岩の丘も
メガソーラーの建設地には申し分ないそうだ

まもなく我らが立ち去ったあとに
不動産屋は高い値を付けるだろう
そう、もはやこの星に
不毛の地など何処にもないのだ。

駅長

駅前通りの中ほどの
おかあさん一人で切り盛りする惣菜屋へ
駅長さんは毎日のように
お昼のおかずを買いに行く
ずいぶん前に奥さんを亡くして以来
家事全般をそつなくこなしているけれど
お弁当作りだけはどうも気が乗らなくて
煮魚と、きんぴらと、大根サラダ、
それに家から持ってきたおにぎり二つ

待合室で新聞を見ながら食べて
午後の仕事はまず鉢植えに水を遣ること

惣菜屋のおかあさんには中学生の娘さんがいて
放課後はいつも店に寄る
一口コロッケをおやつ代わりに摘んで
大抵はすぐに家へ帰るのだけれど
ときどき待合室に顔を出すこともある
別に何を話すでもなく
ストーブの前の丸椅子に腰掛けて
図書館で借りてきた絵本を
日が暮れるまで眺めていたりする
将来は絵本作家になりたいのだと
いつかぽつりと教えてくれた

娘さんは電車を見たことがない
廃線になるという噂を聞いたのは
彼女が生まれるより前の話だ
その後これといった話題にもならずに
いつのまにか時刻表が真っ白になり
駅名標の文字も煤けてしまった
もう車輪が走ることのない線路の上を
駅長さんは毎朝きれいに掃き掃除する

電車の来ない駅を駅と呼べるだろうか
しかし仮にここが駅でないとしたら
駅前通りなんてずっと前から存在しなくて
惣菜屋もおかあさんも娘さんも

絵本も待合室も一口コロッケも
何もかもなかったことになってしまう
それではなんだか申し訳ないので
駅長さんはいつまでも駅長をやめられない

一線

書け石ひとつあれば
家を建てるのなんて簡単だった
アスファルトに力いっぱい引いた白線は
あっという間に壁となってそびえ立った
高い高い青天井の下
自ら切り取ったプライベートスペース
訪う者は　とんとんとん、
宙を拳で叩くのがルール

車もバイクも自転車も
軽々しく踏みにじっていくけれど
ヒトの子たちにとって
線の向こうは絶対不可侵だった
とんとんとん、何度ノックしても
どうぞと返事がなければ
立ち入ることのできないいびつな四角形の
真ん中で膝を抱えた
あの子は誰だ

夕方五時きっかりに
町内のスピーカーが童謡を歌い始めると
書け石の魔法はあっけなく解けて
壁という壁はただの白線に戻るのに

あの子のまわりだけは別だった
出口を作り忘れたいびつな四角形の
片隅で拳を振り上げて
とんとんとん、何度ノックしても
外にはもう誰もいない

とんとんとん、
あの子は私か　それとも君だったか

そろそろ思い出してもいいころだ
そこにあるのは壁ではない
雨が降ればたやすく流れ消える
蠟石の粉にすぎないのだと
もしも今　自ら閉じ込められたその部屋から

解き放たれるつもりがあるのなら
その一線を越えてゆけ
ただ一歩
足を前に踏み出すだけのことだ

＊「書け石」は、子どもが舗道に落書きをするのに使う、柔らかい石。どうやら北海道方言らしい。

宝典

使い手を失ったことばほど
孤独なものはあるまい
幾重もの錠が下ろされた蔵の奥で
人目に触れることなく眠っている
一片の文章
鍵のありかを知る者は無い

伝えられるところによれば
それは美しい詩文ではなく

心躍る物語でもなく
味気ない条文の一節だった
誰もがその文字を読み得た時代には
見向きもされなかったというのに
地上から読者が絶えた今
ついに不可侵の秘宝になった

開かない箱の底で
どんな法理を語っているのか
目ニハ目ヲ、ではなく
和ヲ以テ貴シトナス、でもないとすれば
しかしいずれにしても
触れることすらできないものを
破れるはずもないのだから

訓えは確かに守られているのだ

夥しい血と引き替えに生まれたものは
どんなに清くてもやはり腥《なまぐさ》いので
不発弾でも扱うかのように
蔵の奥深くに封じ込めて
幾重にも錠を下ろし
それから一つずつ鍵を失くし
読み解くことばを永久に放棄したのだろう

宝典は確かに守られているのだ
あらゆる解釈から、あらゆる穢れから
最も遠いところに眠らされているのだ
手垢一つ無い紙片はいつしか黄色く褪せ

インクの痕は記されたままの形《なり》で虫に食われ
空洞化する、
これほど孤独なものはあるまい

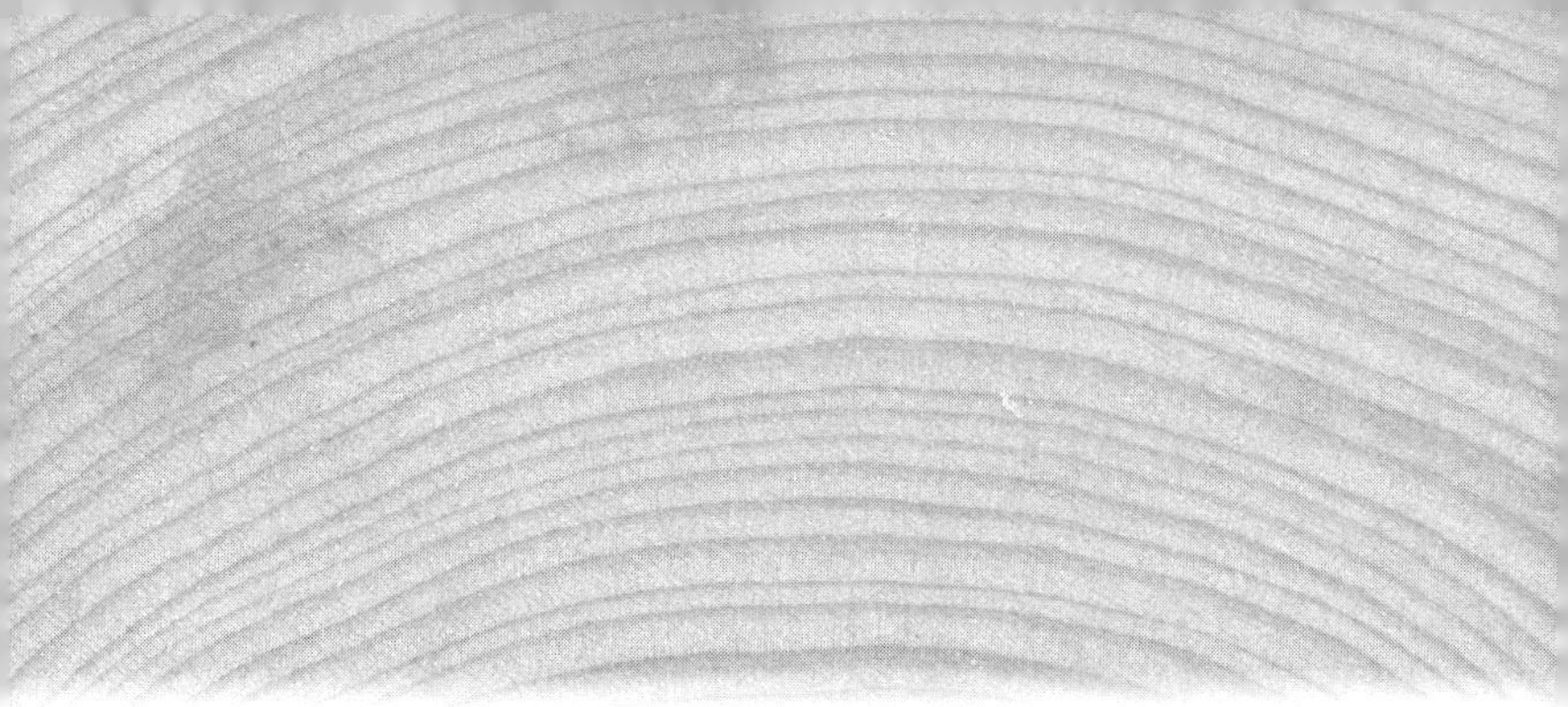

祈りの象形

改元

平らかに成れ、それは悲願だった
泡沫《うたかた》の熱《フィーバー》に浮かされている間も
冷や水を浴びて震えている間も
絶えず血なまぐさく臭ってくるものは
焼け野原に転がる無数の錆びた戈《ほこ》、
それら一切を地中にうずめて
平坦に均すまでが私たちの使命だった

もっともすべてを覆い尽くすには
絶対的に土砂が足りなくて
いくらかは汚染された泥も
混入してしまったかもしれないが
心配ない、安全基準は満たしているから

とにかく凸凹なのはよくないことだと
言い聞かせて育てた子どもたちも
もう三十路、
きっと彼らは更地の上に
私たちの知らない街を築くのだろう

そう、だからそろそろ
私たちは役目を終えなければならない

最後の仕上げに
できるだけきれいに自らを埋葬して
ようやく何もかもが
平らかに成る

口実

月を待たずに団子を食べる
仮装をせずに南瓜を食べる
恵方を向かずに太巻きを食べる
チョコレートは自分で買って食べる
祈りはない
ただ食べるという行為だけがある

便乗せよ、
減量中の乙女も

デパ地下も食品メーカーも
祭祀は何ものにも勝る口実だ、
だから口に実《み》つるものは
ひとしなみに呪詛の味がする

そう、これは呪い返しだ
生きるためでなく
祈るためでなく
いたずらに口を実たすこと、つまり
ただ食べるという行為だけが残る
(あと、ナントカ映えする写真と)

サンタクロースはもう来なくなって
歌もツリーもプレゼントもないが

ケーキだけは食べる
そんなこんなで年も暮れ
馴染みの蕎麦屋が閉まっていて
ビストロで蕎麦粉のガレットを食べる

証 ―「白」字解

たとえば降りたての雪の色だとあの人は言う、
しかし冬にはまだ早く
降るとしても霙《みぞれ》ばかりだ。
あるいは晴れた日の雲の色だとあの人は言う、
しかし今は嵐の前で
頭上には曇天が広がっている。

だったらこの真綿の色だとあの人は言う、
しかし私たちが検める間もなく

それはたやすく別の色に染まってしまう、
掻きむしった傷口から止めどなく溢れる真紅に。
あの人はうなだれて言う、
こんなに生臭い色ではないのだと。

もしかして煙の色かもしれないとあの人は言った、
しかし燃え立つ炎の頂には
黒々とした煤が舞っているばかりだ。
今となっては確かめようもないが
しかし私は思う、
あんなに焦げ臭い色ではなかったはずだと。

だとしたら私たちはもう
真実を知ることはできないのだろうか。

いいや、すべてを焼き尽くした暁に
とうとうあの人は証してみせた、
その汚れなき色を――色なき色を
灰の中に遺された剝き出しの頭蓋によって。

そうまでしなければ認められることのなかった
あの人の白さ。

*【白】 白色を表すほか、明らか、空虚、また「言う」の意も。字源については日光、木の実、親指の爪、ヒトの頭蓋骨の形など諸説ある。

虜　――「幸」字解

私たちはその姿を幸せと呼んだ、
両腕を左右に広げ
一方の手を母と
もう一方を父とつないで
二人の間にぶら下がり
夕暮れの歩道に引きずられながら
笑い声をあげる華奢な肢体を

たとえば今、赤とんぼが一頭

不意に目の前を横切り
道端のガードレールに留まった、
そのきらめく透明の翅を欲したとしても
囚われの身である以上
勝手に立ち止まることは許されない
泣きながら引きずられていく華奢な肢体が
それでも振り払うことのできない
なまぬるい枷

いつかそこから解き放たれたとき
空いた両手に何を入れたらいいだろう
ハイブランドのクラッチバッグ、
格安ＳＩＭのスマートフォン、
あるいは自分よりも小さな手

徒手《からて》でいることの恐怖に比べれば
何であれマシには違いないから
ポケットの中の冷たい自由は
指先が凍てつく前に
コンビニのゴミ箱にでも捨てていくとして

夕暮れの歩道にもう父母の姿はなくても
両腕を左右に広げ
一方の手を愛する者に
もう一方を欲する物に
繋がれて
その間にぶら下がり
どこへともなく引きずられていく、
私たちはその形を幸《さいわい》と読んだ

＊【幸】「夭折を免れる」という原義の会意文字とも、「手枷」を表す象形文字とも言われる。

明晰夢　―「眠」字解

糸車の錘《つむ》が両目に突き立ったままで
まぶたが開きません
あなたが老いさらばえた魔女なのか
麗しい王子様なのかもわかりません
見えるとすれば夢だけです
眼窩に溜まった血を吸い上げて咲き誇る
薔薇色の明晰夢

覚えるために眠るという人がいます

忘れるために眠るという人もいます
そういう人たちは寝ている間も
きちんとまぶたを閉じないのでしょうか
悪夢はその隙間からやすやすと侵入して
震える眼球を犯し
病んだ記憶を孕ませると聞きます

糸車の錘が突き立っているおかげで
まぶたも眼球も固定され
そのうえ野いばらの蔓が幾重にも巻きついて
繭のように護ってくれているので
わたしの夢は健やかなまま
更新されない記憶を再生し続けています
まるで終わりのないおとぎ話《メルヒェン》のように

呪いは自分のためにかけたのですから
どんな夢も自己責任だとわかっています
たとえ乾いた涙腺から
枯れた棘がぼろぼろとこぼれ落ちても――
これは夢ではありません
わたしは眠ってなどいませんから
ええ、とっくに目は覚めているのです

＊【眠】「民」は繁茂する草、子を産み殖やす母、あるいは針で刺された目の象形とも。とすれば「眠」は、開かれた目と潰された目が並んでいる形と見えなくもない。

叛旗 ――「北」字解

火山灰の丘、
けだものの咆吼、
氷雪の原野、
すべてが互いに背き合っている
この地が、
敗北者よ、おまえの生きる土地だ。

さあ、未開地の空を見よ、
不動の北極星は

どこにあるか、

反逆セヨ、と誰かが叫んだあの日
それはおまえの前途に瞬いていた。
しかし今、
流転する無数の星屑の中に
動かざるものを見出すことはできない、
背信者よ、おまえの信じたものは
どこにあるか。

身を打つ飛礫《つぶて》、
守られない約束、
踏みにじられた誇り、
この現に背を向けようとするならば

反逆者よ、その汚名を負った者よ、
おまえは北に枕して眠るよりほかにない。
そのときこそが真の敗北ではないのか。

さあ、耳を澄ませよ、
不動の北極星が
おまえの背後で叫び続けている、
反逆セヨ、と
今また、その運命《さだめ》に
反逆せよと！

＊【北】互いに背を向け合う二人の形。そこから「背く」、背を向けて逃げることから「敗れる」、南を正面と見たときに背後にある方角として「北」の意味が生まれたようだ。なお北極星は明治期、開拓使の徽章のモチーフとなった。

観音

樹齢千年の樟《くすのき》の香り立つ心材に
名も知れぬ仏師がそっと当てた平刃の
甲高い鑿音が最初に響いた日、よりも早く
赤みをおびた木目の内に埋もれながら
祈りは始まっていた

両の瞼を半ばまで閉ざし
一輪の蓮の蕾を携えた立ち姿で
冷ややかな大気の中へ彫り出された刹那

その福耳にはどんな音が届いたのだろう
戦場の空にとどろく鬨の声、
火山灰にまみれた農夫の咳《しわぶ》き、
飢饉の町をうろつく犬の遠吠え、
あるいは地鳴り、警報、緊急事態宣言
世界がこれほどまでに騒がしくなければ
祈りはとうに終わっていただろうに

入れ代わり立ち代わり賽銭を放っては
束の間の合掌を捧げていくわたしたちを
静かに見つめる半眼のまなざし
その瞳に今も焼きついている光景は
ふくよかな耳の奥に木霊し続ける音は――
開かれぬ蕾もそれを携えた手も

長い年月の果てに朽ち落ちて
なお成就しない悲願
ささやかな現世利益を

菩薩よ
祈っているのはあなたのほうだ

聞き届けるのは
わたしのほうだ

未明を越えて

服喪

今、踏んだのは誰の骨
素足の土踏まずを押し返す感触が
滞った記憶を刺激する
角ばった先端は真新しい死
丸みを帯びた隆起は古びた死
いずれも平等に踏み越えて
葬列は立ち止まることがない

街が闇を纏うのは何のため

蠟燭の灯りはせいぜい手元にしか届かず
足下に転がる無数の骨片を
照らし出すことは難しい
だからむしろ目を閉じて
皮膚感覚を信じるよりほかにないのだ
今、足裏に突き立ったのは誰を失う痛み
父母の、朋輩《ともがら》の、それとも貴方の

弔いは骨を拾うことで始まり
捨てることで終わる
幾千幾万の踵《かかと》に踏み砕かれた遺骨は
いつか微細な砂になって
風に舞う日が来るだろう
未だ喪服を脱ぎかねている街に

それは白く降り積もり
冷えきった踝《くるぶし》をうずめるだろう

今、踏んだのは誰の骨
同胞《はらから》の、愛し児の、それとも私の
堅く凝った塊は惜しまれた死
脆く崩れた残骸は悼むべき死
いずれも平等に踏み越えて
立ち止まらないものだけが
葬列を喪の明ける方角へ導ける

あとがき

鬱蒼とした森の中を一人で歩いていた私は、散策路の途中でふと足を止めた。

木漏れ日の差し込む林床に横たわる、苔むした倒木。朽ち果て空洞化した幹の内部には底知れぬ深い闇が溜まり、目には見えない微生物たちの濃厚な気配が満ちている。ああ、ここに宇宙がある、と思った。

大都市札幌での生活に区切りをつけ、ほぼ真南の太平洋岸にある白老町《しらおいちょう》へ移り住んだのは、二〇一〇年の七月。知り合いの一人もいない町だったが、私が住環境に望むものはひと通りそろっていた。たとえば閑静な湖沼と森、ぽかんと開けた空、空き地《スキマ》だらけの景観、しっかりと暗い夜。

いずれも過疎地と呼ばれる地域なら、特に珍しくもないものばかりだ。腐りかけの倒木もまた、全国どこにでも転がっているだろう。しかし引っ越しから間もない夏の日、ポロト（アイヌ語で大沼の意）と呼ばれる湖の奥の美しい森であの一本の朽ち木と向き合ったひとときは、やはり自分にとって特別な時間だったように思う。本書冒頭の「Universe」が生まれたのは、それから四年後のことだ。

他二十二編の収録作も、すべて同町で過ごした十年足らずの間に制作・発表した中から選んだ。どの作品も虚構の物語ではあるが、読み返せば自然と執筆当時の暮らしが思い出される。空き地の多くが太陽光発電に有効活用され、湖畔には立派な国立博物館が竣工し、私がもう住んでいない町にかつてあった、今はなき時空。言うなれば本書はその遺物、亡骸のようなものだ。

実体なき電子コンテンツが軽やかに宙を飛び交う当世、今さら形ある詩集《モノ》などこしらえても無駄にかさばるだけかもしれない。だが生物の遺骸が分解されて生態系をとこしえに巡っていくように、いずれ灰になる運命の書物《むくろ》にこそ、実は無窮の可能性が秘められているのではないか——。

そんな危うい妄想がこうして一冊の体をなしたのは、ひとえに洪水企画・池田康さんのお力添えの賜物だ。出版に当たってのご助言や手配りはもちろん、そもそも収録作の大半が「詩素」「虚の筏」など同社の詩誌で発表されたもの。データのままディスクの中で昏々と眠るばかりの拙作たちに質量を持つきっかけをくださったこと、感謝の念に堪えない。

また唐突なお願いにもかかわらず、懐かしいポロトの森で詩情豊かな写真を撮影しご提供くださった白老在住のフォトグラファー・永楽和嘉さん、それを端然として奥行きのあるカバーに仕上げてくださったデザイナーの巖谷純介さんにも、心よりお礼を申し上げたい。

二条千河

二〇二一年の初夏に

二条千河（にじょう・せんか）

北海道札幌市生まれ。
東日本大震災の前年から北海道胆振東部地震の翌年までを白老町で過ごす。
詩関係受賞歴：札幌市民芸術祭奨励賞、文芸思潮現代詩賞優秀賞、詩のボクシング北海道チャンピオン等
詩集：『赤壁が燃える日─現代詩「三国志」─』（2005 年）、『宇宙リンゴの ID』（2011 年）
公式サイト
http://www.nijogawara.squares.net/

詩集

亡骸《なきがら》のクロニクル

著　者　二条千河

発行日　2021年7月21日
発行者　池田康
発　行　洪水企画
〒254-0914 神奈川県平塚市高村203-12-402
TEL&FAX 0463-79-8158
http://www.kozui.net/
装　丁　巖谷純介
写　真　永楽和嘉
印　刷　モリモト印刷株式会社

ISBN978-4-909385-28-4